KB220759

빛나는 광화문 별곡

빛나는 광화문 별곡

2025년 5월 30일 제 1판 인쇄 발행

지 은 이 ㅣ 이현렬
펴 낸 이 ㅣ 박종래
펴 낸 곳 ㅣ 도서출판 명성서림

등록번호 ㅣ 301-2014-013
주   소 ㅣ 04625 서울시 중구 필동로 6(2층·3층)
대표전화 ㅣ 02)2277-2800
팩   스 ㅣ 02)2277-8945
이 메 일 ㅣ msprint8944@naver.com

값 10,000원
ISBN 979-11-94200-99-4

빛나는 광화문 별곡

이현렬 제6시집

도서출판 명성서림

머리말

시를 짓는다는 것은 시인은 무엇을 생각하고 기록하는가 질문은 관찰과 사고를 통한 명확한 근거가 있는 시를 짓는 관습이 드러나고 뜻을 어떻게 표현하는가 방법을 연구하고 기쁨을 만끽하는 것이나,

세상을 보면 불이 나는 가슴을 어떻게 다스리고 처리하는가? 관념의 세계에 서성이는 칼이 무엇을 베어내는가? 삶의 구석진 곳이나 개혁을 바라는 소리를 어떻게 수용하는가〉 피할 수 없는 운명을 나타내는 글이 진실한 글이 되고 일으키는 바람이 되지 않겠는가?

역사 의식을 가지고 옳은 방향을 추구하는 것이 참여시의 한 부문이 되지 않겠는가 광화문 별곡, 별곡 광화문의 꿈, 빛나는 광화문 별곡은 참여시의 대표적인 구국의 일념으로 쓰여진 시일 것이다.

어려운 시절의 변화가 일으키는 파장은 상상을 초월하는 변화가 민주공화의 나라인가 공산주의 나라로 가는 길목에서 눈물을 흘리며 짓는 시가 딱딱한 가슴에 불을 지피는 사랑의 시가 되지 않겠는가?

시를 짓는 목적이 자유와 평화 민주국가 건설과 사랑을 구현하는 도구가 되는 참여의 의미를 부여하고 사람들을 이롭게 하는 인간적인 노력이 비참한 삶을 살아가는 민족에게 희망을 가지게 하는 것이 시라고 할 수 있다.

좋은 그림을 언어로 바꾸는 과정이 한편의 시를 만들어 가는 순서가 되고, 산문적인 글이나 설명은 필요하지 않는 글에서 운문적 요소를 가미하면 함축적인 율성이 생성되는 것이니. 여기에 쓰여진 시는 목적 의식을 가지고 쓴 시라고 할 수 있다.

2025년 봄에
저자

──── I. 빛나는 광화문이 ────

Ⅱ. 구름 속 번개불이

──── III. 배회徘徊하는 곳에 ────

IV. 함성

V. 신들의 바람이 흐르는

빛나는
광화문 별곡

I

빛나는 광화문이

봄이 회귀선을 타고 가는

황도를 걸어가는 사내가 불을 밝히고
돌아가는 길에 걸음을 절룩거리지 않아야
북쪽으로 가는 회귀가 중요한 뱃길이 되는
파도가 굽이치는 대양大洋를 넘어가는
새로운 판이 싹을 틔우는 기다림이
어느덧 피가 돌아가는 산수山水 자락이
넓어지는 거리가 옷으로 나타나는 아낙의
속에 흐르는 물소리가 적막을 깨우는
한 장면의 자취가 가벼워지는 모습으로
회향回向하는 삶을 가르치고 있는
하늘과 연결된 계절에 피어나는 풀꽃에
허망이 내려 앉아 존재가 끝나가는
노란 수선화가 움직이는 시간에 올라타고
자리를 보전하는 열차 소리가 진동하는 산에
벗어진 몸에 새잎이 돋는 기운이
터전을 일으키는 봄이 미래를 의식하고
열리는 사태가 중얼거리는 음률이 흐르는
한 가락이 깊어지는 폭풍이 공존을 품어가고

빛이 있는 황도를 걸어가는 사실을
알리는 일어날 일을 준비시키는 변화가
조화스럽게 시작하는 불을 받고 있는
평화가 사해四海를 새롭게 하고 있었다.

광화문을 덮은 빛이

햇살이 가득한 날 보이는
상像들이 움직이는 끊임없이 이어진 정을
가누는 행렬에 불이 죽은 거리를 광화가
켜지는 회심回心의 사가리에 몰아가는
사랑이 모양대로 출렁거리는

불이 붙은 뜨거운 힘이 광장의 풀잎을 일으키는
궤적을 이끄는 빛의 그림자가 넉넉한 바람에
잡힌 눕지 못하는 양팔이 올라가는 사다리에
걸쳐있는 둥지를 틀어가는 길을 막아서는
공중권세의 어두움이 파묻는 함정이 있어도

변하여 가는 밝은 가슴속에
인자함으로 나타나는 쏟어진 풀잎 차림이
광장의 발자국 소리로 풀어가는 선지자의
뜨거운 말씀이 현실이 되는 부르는 자가
싹을 틔우는 날개가 중심에서 열리는
선택받은 아담이 울어야 할 순종의 땅에

바다로 불어가는 구름이 멈추는
광화문의 빛에 짐승은 일어서지 못하고
부축받은 동물은 모습을 갖추는 꽃들의
날개가 새 역사를 돌벽에 새기는 빛의 파장이
덮고 있는 천성이 열리고 사방으로
퍼져나가는 힘의 나팔소리가 들리고 있었다.

축복이 내리는 광화문

알아차릴 수 있으면 신神이 내려오는
자리에 빛이 퍼지는 풀잎의 순박한 꿈을
꾸고자 하는 그대는 어디에 있는 누구신가
임재하시는 손길이 밝은 세상에 있다는
것을 깨닫는 높은 날개가 활짝 펼치는
바람이 오르는 하늘에 핀 꽃이
세상에 너무나 기꺼운 말씀이 맛나를
가득채우는 광주리에 땅의 어른이
뿌린 행동이 있는 것이 보이지 않아도
마음에 맺히는 이슬이 달린 꽃에
변화의 바람이 가슴을 찌르는 날개짓인 것을
지나가는 과정을 버리지 못하여
칼을 빼어들어 잘라내는 소리가 들리는
눈물이 강을 이루어 가는 조그마한 지구의
지나가는 싸움은 언제나 쪼그라지는 마음을
담아 들이는 수호자의 가마솥에 볶은 콩
그대로 고소한 내음새가 풍기는 사랑이
순화시키는 향이 피어나는 동산에
구석진 곳을 밝히는 가락이 흥얼거리는

떠 다니는 운석이 귀한 말씀으로 사랑을
이루고 있는 어떤 경지가 삶을 초월하는
바람이 찬양하는 하늘의 광화문이
빛나고 있는 축복이 깔리고 있었다

빛의 나라 중심에 광화문이

나무가 흔들리고 떨어지는
나뭇가지가 꺾인 채로 나아가는 민주가
인민의 노래라는 가난이 펄럭이고
무심코 부르는 방가放歌에
떠내려가는 고통이 되돌리는 자유를
탓하는 공기가 드러나는 도심의 소리가

신호등에 걸리는 찾아야 할 빛이
구석진 곳에서 깜박거리는 발작하는
삶이 솟구치는 자유를 부르는
어린 양들의 숨찬 춤의 시작이 천사의
반주로 덮어가고 하늘나라가 광장의
풍향이 되는 선지자의 간절한 기도가

인연이 내리는 시원始原의 물줄기로
일어나는 바람이 천지에 내리는 불빛이
밝은 나라 광화문 말씀이 인도하는
일어날 것이 일어나는 문이 드러내는
바람이 불어가는 대로 비추는 중심이
반사되는 땅의 기운이 살아나는 나라에

솟아나는 샘의 단순한 논리가
꽃들이 보는 의도가 없어도 스스로
생기는 것은 변하는 환경이 물을 만들고
바탕을 씻어가는 도심에서 빛 속으로
달리는 팔달八達 광화문이 불을 밝히는
빛의 나라가 내려오고 있었다.

영靈들의 싸움이 있어도

바탕에 깔려있는 밝음이 있어도
판단이 어디에서나 일어나는 공기의
매질을 통과하는 것이 어떻게 나타나느냐
흩날리든가 앉아있는 가치로운 것으로
웅성거리는 구름이 되고 비를 만들고
꽃을 피우는 흐름이 있는 한바탕 잔치가
별을 찾아 떠나는 문명에
올라타는 삶이 울리는 땅의 꿈과 이상을
실현하는 말씀이 광화문에서 불이 되고 있었다
중심이 되는 빛이 입자를 뿌리고 있는
광장의 한마음이 날개에 올라타고
영광이 논쟁의 중심을 흔드는 뿌리가 되어
생사를 갈라놓을 거대한 물줄기가
체제에 흐르는 자유의 깃발이 펄럭이는
먼 하늘에 드리운 죽음이 있더라도
끝까지 달리는 말들의 승부가 넓은 풀밭에
피어나는 꽃이 풍기는 향기가 초원의
꿈을 나누는 천성문에서 나오는 나팔소리를
듣고 있는 싸움터의 기쁨이 되돌릴 수 없는

땅을 다스리는 하늘의 뜻이 하나가 되어
황도를 열어가는 선지자의 영광에
문루가 펄럭이고 평화가 드러나는
평강이 흐르는 꽃들이 피어나고 있었다.

빗방울은 어디로 가는가

빗방울이 떨어지는 선상에 나타나는
구름은 무엇이고 보이는 곳에 모인 작은 물방울이
스미는 큰 물방울은 넓고 낮은 곳으로
흐르는 아우성이 시냇물 징검다리에 부딪치는
물줄기의 화려한 오월은 떠나가고 땅을 달구어
피어나는 뭉게구름은 어떤 사연의 가슴 저린
이야기가 공중에 머물다가 산중에서
내려오는 안개가 뒤돌아보는 구름 빛이
기쁨으로 오르는 자리가 어디로 가고 있나
간절한 소망이 소리치는 가슴이 비어간
가난한 나그네가 집을 떠나간 날 만큼
바다에 휩싸여 가치가 어떻게 일어나고 사라지는
사람들이 떠난 폐허가 우거진 숲에
거미줄처럼 얽혀 들어갈 수 없는
영성이 활동하는 바다에서 올라오는 선과 욕망이
일으키는 싸움이 다스리는 땅의 영광이
빛나는 해무리가 어려움이 지나간 물방울로
강과 바다에서 출렁이는 순환이 드러나는
구름이 머무는 곳에 말씀이 영원히 자리잡고

새로운 삶이 기다리고 열려있는 문앞에 출렁이는
강물이 산자와 죽은 자가 뭉치는 노래가
흐르는 개발이 한창인 마을에 머물고 있었다.

성령산 마을에

피곤한 다리를 끌고 간 곳에
산을 오랫동안 지탱해온 나무는 어디에 있나
머물던 그 옛날이 지나간 논두렁에 뿌린
씨앗을 어떠한 색깔로 나누어 주었느냐
밭이 논으로 바뀐지 반세기가 물길에
흘러가고 시간 너머 가신 걸음이 안타까운
채미헌 산야에 묻혀 살아있던 자신을 원망한
구소에서 떠나간 벗님들이 이루지 못한 척화의
한을 산자락에 묻고 아무말 없이 등진 전답이
그래도 시간을 기다린 한이 서리는 곡기가
견디지 못한 석삼년을 채우는 날 떨어지는
화엽이 끝자락에 토하는 곡 소리가 오백년이
흐른 출렁다리에서 출렁이고 모리재 향기가
수승대 소나무 그늘에 자리 잡는
종부는 백수를 하고 있지만 자스민 향이
가득한 언덕에 맑은 지류가 위천천을 만들고
하늘하늘 춤추는 나뭇잎 사이 찾아온
요정 굴뚝새가 친구가 되는 잃어버린 세월이

춤을 추는 가벼움이 솟아나고 끌고 갔던
다리가 나무가 되는 찾은 마을에 모내기가 끝난
물소리가 의심의 구름이 밝은 빛으로
성령이 부르는 마음이 자리잡는 성령산에서
천성을 향하여 가는 소망이 움직이고
마을은 숲으로 우거지고 있는 한 시절이 있었다.

산 파도가 끝나는 곳에

고인 물이 증발하는 회복이 일어나고
보이지 않는 움직임을 알아차려도
가야할 길이 쉽지 않은 갇혀있는
맥동이 태양을 그리워하는 물결이
꿈틀되는 욕망이 들어오는 고인 웅덩이에
쌓인 벽을 너머 가는 길을 재촉한다

회복이 일어나는 벽 앞에서 흘린 눈물이
통곡의 높은 울음이 하늘에 닿아
물결이 출렁이는 항구가 불빛에 깔리고
오가는 사람들이 생각하는 파동이
새로운 시작으로 물결치는 움켜 쥔 습성이
가만이 있지 않고 막아서고 있는

나뭇가지가 태양빛을 가리는 잎의 역할이
파동을 타는 시간은 이어져 가는 산맥이 얽히고
설킨 산은 스스로 있는 회복이 어려운 사랑은
얽매여 사는 것이 무엇인가 던지는 의문이
날개를 달지 못하고 그네 줄에 매여있을 뿐

부활을 믿지 않은 지나간 시절이 한 물결로
나타나는 산 자락에 펼쳐진 광야에
욕망이 흘러가고 멈추는 땅에 나타난 성문으로
들어간 사내는 질문을 쌓은 흔적을 찾으나
증발된 결과가 영들의 싸움이 끝나지 않았다는
말씀에 밀려가고 있는 파도가 울고 있었다.

다리 난간에 물안개가

비가 내리더니 다리 난간에 물안개가 피어
강물에 나타나는 그림인가 속에 있는 누구인가
성령이 흔드는 나뭇가지에 피어나는 사랑이
어두움을 밀어내고 새잎이 돋는 의도가
분명한 땅이 출렁거리고 있었다

그 많이 흐르던 황토물은 어디로 갔는가
비가 많이 내려도 푸른 물이 출렁이는
깊은 숲이 더러운 것을 씻어갔나
뿌리지는 하늘의 빛깔이 옮겨오는
이치가 무엇인가 우리는 몰려오는 물안개 피는
진실의 꿈이 잠깐이라도 빗 속에 잠기는
힘이 펼쳐지고 있는 나라가 있었다

어진 성정을 가꾸어 온 구름이 쉬어가는
마을에 비를 뿌리고 쏟아내는 한恨들이 곳곳에서
난리를 부리는 눈물이 사태沙汰를 몰아가는
산자락에 부딪치고 깨어지는 생사를 덮어갔으나
어느 물목에 멈추어도 초월한 바람으로
허공에 날개를 펴는 방향에서 헤매고 있는

하늘 문에 피어나는 수증기가 인사도 없이
밝은 날을 기다리는 비감悲感이 흙속에서
꿈틀되다가 말라간 지층에 스며들어 무너지는
지각이 물안개로 피어나는 공간에
떠나신 님이 가꾸는 하늘은 방언을 울리는
빗줄기에 임재하는 하늘이 내려오는
사모하는 마음이 일렁이고 물꼬를 열고 있었다

푸른 바다에 부는 바람이

준비된 배는 출항을 하고
솟구치는 파도를타고 넓은 바다를 날아가는
돛대가 펄럭이는 하늘의 소리가 웅혼이 서린
힘이 부딪치는 세상에 일어나는 파도가
무엇을 말하고 생사가 부딪치는 가슴을
드러내는 바람이 방파제에서 벗을 수 없는
옷을 입은 용사가 밀려나지 않는 갑옷이
바다를 평정할 말씀이 동서남북을 지켜는
방파벽에 안심하는 소리가 감동을 일으키고
수부가 찾는 젖이 흐르는 섬이 기다리는
푸른 바다를 건너 불멸의 땅으로
키를 잡은 사내는 지는 태양을 가리는
파도를 넘어 뱃머리에서 고함을 지르는
칼날보다 무서운 붉음이 푸르름 속으로
잠기고 빛의 평화로운 바람이 갈등을
잠재우는 허공을 찌르는 소리가 파도를
타는 용사들이 헤쳐나간 발걸음이
돛대가 되고 방향을 잡은 푸른 바다에
아무도 말을 할 수 없는 뱃고등의

항해가 힘차게 나아가는 기쁨이 철석거리는
푸른 하늘의 노래가 가득한 푸른 바다에
꿈꾸었던 나라에 닻을 내리는
사랑이 덮은 깃발이 펄럭이고 있었다.

빛나는
광화문 별곡

II

구름 속 번개불이

오! 평택

삶이 일으키는 난리가 평택에서
바닷물이 들어오는 항구에 더운 바람이
자리를 잡고 머물러도 호수가 넘쳐 흐르고
활기가 넘치는 물줄기가 있는
넓은 들녘이 병충해에 시달릴 적에
내리오는 관리가 물길에 올라탄 거리를
씻어가라는 시원한 바람이 들판에 불어온다

좌파가 바라는 것이 굶주림이냐!
자유를 죽이는 칼날이냐! 이야기하라!
개딸이 일어난다는 소식이 들리거든
천성의 목가牧歌를 들은 목동들이 부르는
합창이 벼이삭을 자라게 하는 넓은 택지擇地에
자유를 지키는 수호자가 춤을 추느니

누구를 위한 것도 자신을 위하여
삶이 돌아가는 문앞에 숨쉬는 자가 누리는
만족이 흐트러진 잡초 속에도 얼굴이 피어나는
곡창지대의 안성천 흐름이 죽은 민주를 살리는
하늘의 파동이 펼치는 안정리 문앞에서 외치는
할렐루야 소리가 복이 내리는 기쁨이었나

들녘에서 거리로 목자를 따르는 무리가
허다하지 않는 하늘의 가족이 가득 채우는
한 파장이 넘실거리는 험프리스기지 앞에서
난리를 평정하고 천군이 되는 거리에서 보여준
신神이 자리하는 믿음의 평택평야에
용사들은 빛을 발하는 뜨거움이 있었다,

도심의 주변에서 일어나는

꽃이 피는 날이 흘러가고
더운 밤이 내리오는 거리에 가득찬 사람들은
무엇을 찾아가는 이유없는 걸음이 있는
길 옆으로 늘어선 가게들이 날개를 펴면
모여드는 철학이 잔 속에 거품으로 솟아나고

온갖 양념으로 피어나는 그릇의
모양대로 형태를 가지는 모든 사물들이
일으키는 입자가 그대로 있지 않는
변하는 파동이 사랑으로 감싸고 모양
그대로 일어나는 기쁨과 환희가 찬가를 부르는
들뜬 용사들이 가득찬 도심 거리에

붉은 세력이 불을 켜는 원형元型의
싸움터에 칼날을 세운 무리가 땅을 헤집어도
무지개를 부르는 나팔소리의 진동이
문루에 맺히는 빛이 되어 삶을 이끌어가고
어루만지는 말씀이 귓가에 흐르는
울컥하는 변화가 시작되고 있는 도심에

따라오는 깊은 고뇌가 오염된 도시의
붉은 야망이 거짓을 드러내고 뒤통수를 치는
상자가 열리고 입을 닫은 자가 바람으로
건드리는 일들의 지경地境에서 자유를 찾은
사내가 무너지는 벽을 보고 있었다

자유를 지키는 거리에서

모인 군중들이 칼을 뽑아
병든 나무를 베어내고 새 나무를 심을
세종로 거리에 피가 뜨거운 인파가 넘치고
서로를 감싸는 이야기가 바람개비
돌아가는 그늘에서 선비들은 믿음과
가치를 어떻게 실행할 것인가
논하는 머리칼에 햇살이 내리는
나른한 뜨거움을 즐기고 있었다

그늘이 있는 그날이 구름속의 잔상으로
뭉게 뭉게 피어오르는 청계천 시냇가에
잃어버린 자유를 찾아 떠난 선조들을
생각하는 추위와 더위의 어려움에도
지킨 자유가 펄럭이는 시냇가에서
휴대폰을 꺼내 사진을 찍어 옮기는

믿음이 있는 자유가 어울리는 소리가
선택받은 무리가 궁악宮樂을 울리며
행렬을 따라 숭례문으로 흐르고
가슴 벅찬 목멱산 봉화대가 불빛을 올리는

광화光化의 나라가 되는 길을 열고
평화를 바라는 변화가 있는 시대에

자유의 흐름이 있어도 생사가 엇갈리는
어둠의 세력이 활보를 하는 곳곳에서
머리를 틀고 지껄이는 지옥문을 열어라는
요구를 당황하지 않고 베어내는
함성이 있는 세종로에 자유를 지키는
믿음의 용사들의 찬송이 휘날리고 있었다.

꽃의 중심은 사랑이야

사랑이 중심이 되고 있는 시대가
내려오는 안개 속에서 피어나는 꽃들이
나누는 깊어간 사랑이 떠나가는 발걸음에도
헤어날 줄 모르는 울음이 찌르고 있는
한 구간이 넘어가고 시원한 바람을
타고 있는 삶도 사라져가고

빛이 있는 곳에 그림자가 있는
검은 그림자가 형체를 가지고 있으나
움직이는 모습은 실상이 아니었어
아무리 나누어도 존재가 있다고 하지 않는
깨달음이 창조하는 섬광이
어찌할 수 없는 찰나로 지나가고

사랑이 부딪치고 꽃가루가 날리는
풀밭에 앉은 세상이 꿈꾸는 노래가
의식이 이끄는 사막에도 메마른 바람으로
온도의 차이가 변하는 땅에
기대어 살고 있었던 초원에 모래가 쌓이는
사랑은 말라가고 중심이 무너지는

벌판을 헤매던 바람에 따라오는
온유溫柔를 맞이하는 사랑의
빛깔이 세상을 덮어가고 하늘의 천사가
부는 나팔소리가 말씀으로 니타나는
열매가 중심을 세우는 광화문이 열리고
흰옷을 입은 사람들이 펄럭이고 있었다.

꿈꾸는 도회의 거리에서

숲속 같은 거리에 남녀가
아욕我慾이 없는 걸어가는 모습이
보이는 똑같은 꽃들에 쌓인 길이 뻗쳐있고
어느 곳에나 문이 열려 있는 공간에
유혹하는 불빛에 '앉아 볼거나'

생각이 끝나지 않는 비에 젖지
않은 삶의 조각이 빗속에 드러나지 않는
물은 흘러 오색 꽃들이 거리를
장식하고 욕망이 감추어진 진열창의
푸른 광원이 한가락으로 춤을 추는

차양문 뒤에 숨었던 커텐이 열리는
시간에 빗물은 강으로 흐르고
비를 맞는 사람들은 열 수 없는 가방이
떠다니는 거리를 담고 있는 뒤섞인
언어가 굽는 냄새 곁에 지나가는 자동차의
소음만 조용히 흘러갈 뿐

서쪽이나 동쪽 끝의 변화가 없으니
숨을 쉬고 있는 모습은 그대로
펄럭이는 깃발만 다른 모든 도회의 색이
같아 보여도 밝고 어두운 벽의 명암은
역사의 흔적을 이야기하고 꿈꾸는 세상의
거리가 강물이 흐르는 물빛에 빛나는
꽃 속에 묻힌 도회都會의 흐름이 있었다.

꿈이 내리는 석산에

깊은 산속 폭포 낙차가 큰 바위
옆에 옛날부터 살아온 흙돌집에
백년을 지나치는 세월을 골라내어 이어온
삶의 금계초 마을에 겨울은 끝났으나
끝난 것 같지 않은 돌집에서
후손은 잘 자라고 마냥 조잘되는 것이

새들이 날개를 펴 대처에 나가도
고향을 그리워하는 꿈꾸는 새가
비탈진 산에 집을 짓고 넉넉하지 않은
살림과 물이 흐르는 깊은 골에 살아남기
불편해도 품은 뜻은 산아래 평지에
큰 그림의 집이 있는 곳으로 걸어가는

아이와 부부가 무엇을 생각하고 걷는가
낭떠러지 바위틈으로 고통을 건너가는
계곡물을 건너는 어려움에 바위벽을 잡고
출렁이는 물을 보는 무거운 산을 넘어가는
위험한 소리가 없어도 실수는 끝나는 길의

눈물이야! 흘러가는 강물은 역사가 되어
숨어 흘러도 헤쳐가는 길에 위험이 몰려오는
산길은 서로 도우며 가는 것이니
늘어선 돌부리에 걸어가는 힘이
부치어도 맞잡고 걸어가는 부부와
아이들의 꿈이 보이는 듯 밝아가는구나!

구름 속 번개불이

공중을 지배하고자 권세자가
천사가 내려오는 길을 막아서는 때에
소리조차 없는 불칼이 권세자의 팔을 자르는
치열한 싸움이 구름 속에서 일어나는
칼의 빛이 내려치는 밤 하늘에 무슨 일인가
웅성거리는 소리가 들려오고

범인凡人은 알 수 없는 영적인 힘이
내리치는 번개가 뇌성을 동반하지 않는
산을 덮는 기이한 현상의 연유는 무엇인가
말이 필요없는 숨긴 싸움이라도
갑자기 구름이 나타나 동산을 움직이고

번쩍번쩍 성막을 싸고 있는 성령이
산위에서 사람들을 일깨우는
이치를 알고 있는 선지자가 움직이는 산에
하늘 길이 열리고 축복이 가슴에 닿는
숲 그늘에 밤이 주춤거린다

동산에 내리오는 불꽃의 증거가
지쳐있는 사람들을 부르시는 말씀이니
싸움의 모양새를 구름 속에 보이시고 길을
여는 자유마을 운동이 승리하는 터전에서
일어나는 불꽃이 동산을 정화하는
황홀한 기쁨이 번개불꽃으로 피어나고 있었다

중심을 찾아서

푸석거리는 메마른 땅에 흙먼지가
날리는 한참을 걸어가 식수를 길러오는
논밭에서 살아왔던 사람들이 떠난 돌부리
마을은 수풀에 덮히고 찾지 않은 길에
흘러 들어간 물줄기가 멈추는 곳이
삶이 자리잡고 있는 곳인가
어디에 있든 기회가 다가오고
땅을 놓칠 수 없는 사람들이 달려나간
푸른 하늘이 높아지는 따뜻한 빛이 퍼지는
마을에 죽은 이념의 군더더기는 날려가고
중심을 찾는 것이 어느 개체에도 있는
필요한 현실을 나누는 성정性情을
가졌다는 것은 중심을 찾는 실상이니
멀리 떨어진 바깥의 영역이 보이지 않아도
나라는 누가 이끌어 가고 봉사하는가
어디에 있는 것 같은 새 나라가 탄생하는 때에
삶이 붙어있는 가치가 북풍에 시달려도
남풍이 불어 온다는 순환의 원리가 보이는
색깔의 곁에 나무가 있다는 선지자가

올라타는 목마는 회전한다 것을 알아차린
달려나가는 월소月沼의 소나무가
우뚝한 하늘의 불꽃으로 중심에 있었다.

하늘과 땅의 소리가

죽음을 통과하는 일이 일어나고
진노를 피해가는 의미를 풀어가는
선지자가 던지는 말에 땅과 마을이 잠기는
수몰 되지 않는 이유가 되고 있는 곳이
방향이 멈추는 새로운 신개지新開地가
생육하고 번성을 시작하는 농토에 꽃과
물이 흐르고 언약이 보이는 집들이 가득찬
통찰하는 자의 은혜의 곡간穀間에
사자死者가 굴러가는 죽음이 기다리고 있어도
피난처 되는 사다리가 내려오는 회개의 땅에
죽음을 피하는 방주方舟가 떠오르는
비밀을 풀어가고 문이 열리는 새로운 마을에
물결이 가득차는 천지에 잃어버린 기억이
사랑의 파도를 타고 오는 시대가 펼쳐지는
하늘이 잠이 든 세상을 깨우는 말씀이
나타나는 풀숲은 푸르르고 밝음이 쏟아지는
자유마을에 새 생명이 솟아나는 얼굴이 빛나는
권한을 가진 자가 꽃을 피우는 세월이

천년을 가오리오 만년을 가오리다
마아만 마아만 한韓 사람들이 칭송하는
노래가 문을 여는 하늘의 우뢰가 있었다.

사람들이 타는 배가

사각형 방에서 다른 모습으로
변화가 일어난 세계로 첫 발을 떼어 놓은
색깔은 별개인양 모양대로 빛을 내고
있는 아름다운 산맥의 굴곡이 달려나간
끝에는 무엇이 있었는가

넓게 펼쳐진 대로 갖추어진 그림이
빛을 내고 달리는 만큼 소리는 커져오고
반사하는 색깔은 있는 그대로 눈 속에 잠기는
떠나간 사람들이 그리워서 글썽이는 하늘은
구름이 피어나는 모양대로 흘러간다

펼쳐진 가을은 봉답에 고이는 물빛이
익어가는 누른 금빛이 부르는 노래가
합창으로 가득차는 논 밭에 고개를 숙인
알곡이 바람이 불어가는 시절이 있는
남겨진 흔적은 비어가는 들녘만 있을 뿐

장자莊子의 방에서 돌아누운 어디에도
모조품처럼 세워진 삶이 장방형 배를 타고
가을걷이가 술렁이는 잎들의 소리가
낙엽이 되어 간 산에서 바람을 만나
정을 나누어도 오실 날을 기약할 수 없는
햇살이 넘어가는 눈물의 방주가 있었다.

꿈을 꾸는 휴화산에서

들리는 소식이 여러번 있으나
보지를 못한 사람이 혼자 찾아가는
숲이 있는 산으로 시간이 가르키는
닫혀 있는 정문이 있으나 열려 있는
샛문으로 들어가서 분화구를 찾기 위해
두리번 거리는 순간에 웅장한 건물이 오색과
백색으로 휘황찬란한 궁궐이 눈에 꽂히는
튼튼한 꽃잎으로 쌓여있는 연꽃잎의 담장에
어떻게 하면 들어갈 수 있을까
담을 타고 넘어가는 몇 겹이 쌓여있는
꽃잎 문을 들어가니 황홀한 분화구가
둥근 모양으로 반석에 자리잡고 있고
감격에 겨워 살펴보니 물이 고인 화구가
나타난 깨끗한 물 속으로 얼굴을
넣으니 물이 목으로 넘어간다
기다리는 삶들이 보이고 나가는 길을
찾기가 어려워도 샛문이 있는 곳에
아름다운 흰집들이 그림처럼 걸려 있는
누대에 여러개의 방을 지나가는 길에
나타나는 넓은 길을 따라 걸어가니

누구신가 두 명이 흰 짐을 끌고 내려온다
부풀어 오르는 짐 속에 무엇이 있는가
살아 움직이는 큰 포장의 짐 속에서
거대한 흰 미꾸라지가 나타나 도로를
채우는 꿈틀되는 큰 미꾸리가 백룡이 되는가
길을 따라가니 새 분화구가 나타나고
깨끗한 물에 아름다움이 펼쳐진다
다른 분화구가 있어 얼굴을 씻으니
물이 넘치도록 많아진다 도와주세요
세상에 나가도록 동쪽 분화구를 향하여
큰 절을 올리고 거대한 궁궐 같은 집에서
기쁜 마음이 넘치는 새벽이 밝아오고
잠에서 깨어나는 하루의 시작이 있었다

빛나는
광화문 별곡

III

배회徘徊하는 곳에

삶이 있는 곳에 피어나는

산다는 것이 무엇인가 일상에서
생각하고 만나는 것은 땅을 파고
농사를 짓는 부지런한 행동이 가슴에
닿는 것이 텅빈 공간을 채우는 수단이 되고
무슨 말을 듣는 의미가 있는
모양대로 있는 삶이 무엇을 생성하고

싹이 자라나서 힘이 나오는 것인지
빗줄기라도 쏟아지는 날이면 하는 일을
중지하든지 비를 맞아가는 변수가 변화를
몰고 오는 비를 어떻게 하는가
확실한 구분이 있는 삶이 여기 저기 얼굴을
내밀어도 후회와 책망이 도사리고 있는

무엇인가 걸어가는 길에 선택이 있고
동작이 일어나는 고개마다 어떤 작물이
자라나고 심은 자의 책임이 있어도
분명하지 않는 가치가 휩쓸리는 바람을
만나더라도 꿈이 피어나는 골짜기에
자리를 지키는 지도자의 말씀이 흘러가는

가슴 이픈 사연이 쌓여가는 땅에
회한悔恨이 방안에 차거운 바람으로
맴돌다 가는 감당하지 못하는 얼굴이
붉어지고 부러지는 나무가 있어도 능력이
남다른 꽃들이 피어나는 나라가 있었다.

그 때 사람들은 어디로 갔나

물길을 따라서 조상들의 흔적이 있었던
숲 속에는 노루와 멧돼지가 서성일 뿐
바닷가 마을에 살던 사람들은 어디로 갔나
남천으로 흘러갔나 푸른 물로 변화였나
남해로 숨어들어 제주도로 갔나

남해가 있는 땅에 살았던 기억이
류큐로 건너간 이름이 사할린에 걸렸나
옥돌같이 살던 넓은 땅이 여섯달만 빛나고
잠들어 버린 푸른 들판이 가물거리는
태양을 지고 팽창하는 우주의 흐름에
발 맞추는 낮은 땅에 유목민으로

칼을 갈든 잃어버린 시간을 찾을 길 없는
나그네가 사라진 땅에 목을 거는 풍화가
계속되고 새들이 나르는 바닷가에 수풀은
있으나 사람들은 보이지 않았네
바람 절벽에 갈매기만 보금자리를 지키고

말 발굽소리가 들리고 파도치는 소리가
어울리는 군사들의 합창이 거품으로
솟아나는 소용돌이가 군마 속에 잠들어간
인걸人傑들이 달려나오는 파도가 만든
세월이 생명의 물길을 열고 있었다.

생각나는 옛날이

시간이 물길을 거슬러 간다면 거품을
보고 있는 친구가 막걸리 한잔으로
떠나간 시간을 들이키는 잔속에 남아
있는 출렁거리는 물길은 폭포수가 되어
공중을 맴돌다가 떨어지는 서러움이

울고 있는 사발 잔에 녹아든 물길을
살릴 수 없는 담소談笑가 누구에게나
짧은 세월을 한恨으로 만나는 마음 속에
서성이며 살다가 숨 죽은 나무들을 보고
나무꾼 친구가 무슨 말을 하는가

슬픔 같은 찌꺼기가 떨어진 골짜기에
자양분이 되는 변화가 올라오는 삶이
돌아다니는 술 자리의 땅에서 일어나는
모든 것이 자유를 탐하나 바로 세우지
못한 물결로 지나가고 자라나는

사랑이 품어가고 있는 반듯한 모양이
뿜어내는 말이 닿는 하늘의 구름 조각들이
맺히는 텃밭에 꽃을 피운 열매가
옛날이 그리운 사람들의 자리가
늘어지다가 오므라드는 날이 있었다.

겨울이 말하는 것은

기울어가는 날에 더불고 오는
스산함이 초겨울의 아픈 추위가
올라오는 하루가 출렁출렁 쌓여간다
백설이 붙들고 있는 공중에서
싸움은 멈추지 않는다고 골이 파인
죽은 땅이 펼쳐지는 나라가 칼날이
부러질 때까지 전쟁이 계속되는
어느 만큼 깊어지면 끝이 날 수 있는가
사막처럼 메마른 파편이 만들어간
평화가 구름이 되는 떠나간 배는
돌아오지 않는다고 화약과 빈곤이
뒤섞인 날씨가 덮은 길에 원혼이   인
벌판에 어떻게 변화가 내릴 수 있는가
불사不辭하는 싸움은 꺾이지 않고
큰 전쟁이 다가오는 달이 차면 기우는
인류가 다시 태어나는 아픔을 겪는
겨울이 말하는 죽은 사람들의 부활이
땅 속에서 일어서는 봄이 온다는
소리를 기다리는 사내가 떨고 있었다.

설편이 날리는

설편이 날리는 소리가 귓가를
벗어나는 흔적이 바람따라 갔는지
지축을 울리든 무리들 속으로 숨어도
포성에 소스라치게 놀라는 생존이
기품을 무너뜨리고 햄버거를 먹는
암컷이 자리잡고 있는 곳에서
수컷을 있는 대로 삼키는 설원雪原의
삶이 찬 기운 속에 공중을 나는
비행술도 착륙하기 어려운 편린片鱗의
꿈이 잠들어간 날개가 하늘을 날지 못하고
벗어날 수 없는 시간이 삭풍朔風에
가라앉은 설원의 숨은 물길이 들려주는
노래가 감추어진 씨앗을 녹이는
기다림이 흩날리고 임을 찾아가는
풍족한 평원이 펼쳐진 너머에
서성이고 있는 바람이 따사한 문으로
들어오는 도시의 떠나고 없는
사랑을 찾는 새가 돌아오지 않아도
녹지 않은 백설에 시달리는 도로가에
단장丹粧한 나무가 흰꽃으로 건너가는
가락이 나닐고 있는 설편이 있었다.

겨울이 떠나는 길에는

잠자는 땅을 흔드는 축軸은
발가락이 추위를 견디고 잠을 깨우는
촉수로 꿈을 일으켜 세운 뼈가
연결되는 희생이 끝난 공간을 채우는
물이 땅을 움직이고 있구나

상자가 열리는 선물이 날개를 펴고
끝나가는 길은 안타까움 속에도
자랑스런 투명한 색이 얼음 밑에
멈춘 소리가 변하는 시계視界의 흐름이
긴장을 조금씩 풀어간다

묻혀있는 흙덩이를 아름다운 도자기로
빚어내는 누군가의 손에 소생되고
자유가 내려앉는 평화로운 곳에
공중권세자가 떨어져 녹아가는 붉은
색이 따뜻함으로 변하는 소리가 들리는

죽어간 땅을 벗어나는 잔치가
살아나는 꽃송이들로 덮히고 빛나는
화원이 구석구석 자리를 잡는다
밀어낸 삶이 새로워지는 땅에 사랑이
피우는 꽃들이 천지를 덮어가고 있었다.

따뜻한 겨울이 있는

영상零上이 계속되는 날씨에
보일러가 덜 돌아가고 마르지 않은
풀들이 숨쉬기 편한 얼지않은 땅이
고달픈 일이 쉬워지는 생활이 계속되고
잠자러 떠난 차가움은 어디에 있나

걸어가는 처녀의 가벼운 머리카락이
흩날리지만 아녀자의 무거운 외투가
아직도 먼 거리를 헤매는 사내의 날개를
붙잡아 가는 긴장감이 돌아가는 털옷의
무거운 소리가 들려오고

낮아지는 좁은 도로에 먼 곳을 바라보는
햇볕을 가리는 올망졸망한 낡은 건물이 있는
늘어진 소로에 어설픈 노인이 흐느적거리는
빈약한 목적이 걸걸거리는 시간이 자리를
잡은 따뜻한 오후가 내리고 있었는가

어디로 떠났다가 오시는 걸음인지
무심코 밟히는 낙엽은 뭉게지고 공간이
허기지는 따뜻한 공기가 뒤돌아가는
규격화된 틀 속에 사명은 줄어들어가고 사랑이
부풀어 오르는 이유가 따뜻한 날이 계속되는
방향으로 불어가는 삶의 한 흐름이 있었다.

기다리는 날에

해빙과 결빙의 다툼이 일어나는
물이 여울을 지나 뒤섞이는 바닷물이
되기를 바라는 사람들이 강가에서
밝음과 어두움의 도시를 관망한다
건너가는 사내는 나룻배에 앉아 흐르는
세상의 칼날을 몸으로 받아도

헤어짐과 만남이 어우러지는
불 태우는 마음이야 물 속에 잠들어
가더라도 맑은 물이 재촉하는 땅에서
뒤섞은 몸이 기다리는 평지에 솟아나도
살 수 없는 곳이 아니지 않는가

피어나는 물안개의 길을 걸어가는
성정性情은 물을 따라 흐르는
낙엽의 자유로운 가슴에 믿음이
안개꽃으로 피어나는 겨울에
사랑이 해빙을 도우는 고통이 풀린
낙엽은 어디로 가고 있는가

뿌리채 뽑힌 변화가 일으키는
하늘의 기운이 닿는 땅에 지치지 않은
사랑이 이끌어 가는 영역에 물굽이를
넘어가는 어여쁨이 환하게 밝아지는
빈 공간을 채우는 기다림이 있었구나,

눈 내리는 날에

눈 내리는 날에 언질을 줄 것 같은
소망을 알리는 눈은 쌓이고
기쁜 일이 나타나는 고마움이
천지를 덮어가는 소리없는 즐거움이
내면에서 움직이는 말굽소리가 들린다

꽃피는 날 찾아올 평안이 덮어가는
싸락눈에 떠나가는 고통이 입을 막는
숨이 헐떡거리고 권세자의 욕망이 공중에서
회전하며 떨어져도 사랑은 숲을 거닐고
만남을 기다리는 흰눈이 날리는구나

추위와 어긋나는 나신이 춤을 추는
상엿집에서 팔을 벌려 안아보는 찬 공기가
일어설 수 없는 무거움으로 딩굴어가고
따스함을 기다리는 소리가 커져가는
술잔이 밤을 지새우며 웅성거리는

모래성의 포성砲聲은 묻혀가고
끝나가는 다툼의 모래언덕에 용설란으로
피어나는 견디어 온 몸부림이 쏠리는
모래길이 얼어가는 바람길에 용사의
눈물이 맺히는 결빙이 흩날리고 있구나.

걷는 사내의 생각은

걸어가는 사내는 걸음 속에 있다가
걸음을 나오는 일들의 벌판에
웃고 있는 실행자를 물끄러미 바라보는
인식을 알아차리고 해가 지기 전에
건너가고 픈 마을을 지나고 있었다

어디에서나 일어나는 헐떡거리는
숨이 고개마루에 걸리지도 않는
천천히 옮겨지는 걷는 소리가 일으키는
파도를 의심없이 받아들이고
물안개 속으로 묻혀가고 있었다

비밀을 알고 있는 사람들 몇 명이
돌아가는 천리를 깨닫는다고
일이 이루어지는 것은 아닐 것이라는 판단이
다른 세계가 펼치는 이치를 아는
이야깃거리가 떠들고 있는 바람이
가슴에 내려와 닿으면 눈은 녹아가고

추위를 물러가게 하는 날씨의 기억이
부딪치고 소리없이 사라지는 날
입을 벌리고 히쭉거리는 시간이
무엇을 기다리고 펄럭이지만 답답한
세상에 가득차고 있는 것이 무엇인지
알 수가 없다는 사내가 있었다.

배회徘徊하는 곳에

바람이 헤매는 거리에 눈물의
술병이 출렁거리고 찾는 그리움도
사라진 거리의 가장자리에
홀로 뿌리는 미어진 옛날이 밀려가고
잃어버린 지난 날이 잠들어 간
님을 품고 사는 바람도 묻혀갔구나

망가진 몸은 치욕屈辱을 드러내고
안정도 없는 밤을 지새우고
서성이는 찬 눈발만 흩날리고 있는
바람은 골짜기에 숨어 살아도
희망이 가득하기를 바라는 욕망이
바위 돌 사이를 소리를 내며 흘러가는

물길따라 가는 곳이 쉬고 싶은 성읍에
둘러보는 역사의 흔적을 만나
치열했든 싸움은 신성을 어둡게 하고
세상에 길을 내는 사도가 살아나는 땅에
성가를 부르는 사랑이 돌아오는

얼어 붙은 땅에 울고 있는 바람이 떠나가는
걸음도 빨라지고 품은 밝음이 퍼지는
골짜기에 배회徘徊하는 인연의 미소가
함박 웃음으로 변하는 마을에
함박꽃을 피우는 배회가 끝나가고 있구나.

백두고원이 부르는

백두고원 어디메뇨
나그네의 하룻길이 멀기만 느껴지는
방풍초 자라는 언덕배기 샛길이 넓은
웅어리진 높은 지대에 바람도
고요한 선구자도 떠나고 저 너머에 사는
종족들은 무엇을 하고 있는가

말 달리던 간도에 우국의 비탄이
흘러간 두만강 지류가 흐르는 오룡천
서두수가에서 살아가도 잃어버린 해란강은
몇 년이 걸려야 찾아갈 수 있는가
강 여울 그물 속에 모인 여름은 여름대로
겨울이면 겨울대로 풍성한 고원의

물줄기가 아우러는 두만강가의
물철쭉은 피어날까 집은 남아 있을까
부모님들이 떠나가도 반기는 마을에
친척은 사라지고 이웃은 변하여도
산천은 우거지고 새들도 돌아오는

고원의 눈 덮힌 가문비나무의 햇살이
녹아 흘러가는 두만강 끝 자락 녹둔도
갈대밭에 마을을 이루는 물길이
동해 바다에 출렁이고 뒤섞이는 시대가
열리는 날은 언제 이루어질 것인지
나그네의 상념은 깊어가고 있었다.

강 추위가 내려도

살 끝에 엉기는 피부가 붙어가고
덮고 있는 냉기가 귀와 손발에
달리는 우리는 무엇을 해야 할까
남자가 거짓을 내밀고 속임수로 도배하는
거리에서 입을 벌리고 속살을 드러내는

에이는 바람이 물러가는 때는
언제가 될 것인가 살갗을 파고드는 북풍이
삶의 피할 수 없는 칼날이 되어도
충만한 성령의 노래가 목회를
견디게 하는 하나의 장면으로 넘어가고

사랑이 펼치는 광화문이 일어서는
선지자의 마음이 부르는 감동이 내리는
깊은 믿음의 나라 맛나에서 나오는
힘이 천지를 덮어가는 차거운 마음과
동토의 가슴 아픈 이야기도 녹이는

차가운 땅은 살아날 것이니
꽃 동산이 내려오는 봄새를 움켜쥔
흘린 피를 어찌할 것이냐 깊은 발자취가
이루어 가는 꿈이 살아나는 소리가
터지고 있는 산지産地도 있구나.

육조거리를 찾아가는

그물에 걸리지 않는 떨리는
바람에도 기다리는 꽃들이 피어나고
뭉클한 목소리가 들리는 옛 터전의
빨래터에 가날픈 사람들이
옹기종기 모여 세상사를 흘려보내고

떠나가는 나뭇잎들이 두리번거리는
잠기지 않은 이야기가 흐르는
개천변에 새 물이 보이지 않는다고
터벅거리는 나귀의 구슬픈 소리가 들리는
걸어가는 길이 구름 속에 잠긴다

산 너머 모래 벌판을 지나서
솔밭 길을 건너가면 행궁이 보이는
개천가에 색시가 걸어가고 있는
저 멀리 아롱지는 안개 속 마을에
부연 색이 드리우면 기억도 사라진
세상 속의 사람들이 나타나고

초가집들에 가난한 선비가 살아가는
흔적이 광화문 앞 육조거리에서
추운 겨울을 지나치는 막걸리 잔에
불그레한 얼굴이 흥얼거리는 나라가
일어서는 기쁨이 설레이고 있었다.

무엇이든 지나가리라

흰옷이 몸에 맞지 않는다고
물색의 변화가 내려오는
골기와집에서 시멘트와 붉은 벽돌로
섯기어가는 시간이 길지 않는
집에서 가슴을 드러내고 젖을 먹는

짧은 생이 걸터앉은 낡은 지붕에
흔적도 휩쓸려 떠내려간 마을은
새로워지느니 당당하게 걸어가는
흰 수염의 노인은 힘이 넘치고
빨래터는 구정물이 펄럭이는

물줄기의 구릉지에 광화문이 자리
잡은 백악산 자락에 운집한 사람들의
부귀도 배고픔도 지나가고 밝아오는
아침이 분주해지는 종로에 이야기는
꼬리를 물고 늘어선 상가에 불빛은
꺼지지 않는 열기에 움직이고

노소가 둘러앉아 최소의 시간을 보내는
기이한 현상의 시대가 문을 열고
무엇이 되고 무엇이 나타날 것인가
빠른 세상사가 지나갈 것이니
불어오는 문제도 이 또한 지나가리라.

변화는 무엇인가

파도가 밀려오는 때에 모든 이에게
던지고 있는 질문은 잠잠하던 바다가
일으키는 파장이 미치는 곳에는
피할 수 없는 착란이 일어난다는 지혜가
바다 앞에서는 갈매기의 울음보다

못한 이유가 되는 산더미가
밀려오고 조금이라도 남아있는 언저리에
캄캄한 어둠 속에서 숨어 살던 어족이
깊지 않은 곳에서 물따라 힘따라 가는
것이니 파도가 실어 나르는 짊어진 삶이
밀려나는 일부가 되어서는 안된다는

혼이 있는 바람의 불씨가 산과
강물을 건너가는 휘파람 소리를 내는
물결로 남아 닦아내는 빛의 차원이
달라지는 존재자는 무엇에 골몰하는가
가야할 방향을 부르는 수평선상의
파도 끝 부분이 거품으로 흐려지고

건너오는 실체가 이름을 부르는
가까운 곳에서 웅크리고 있는 바다가
인간의 삶과 죽음을 갈라놓는 논쟁이
이데올로기의 실체가 질문을 던지는
변화가 부엇이 되고 있다는 것인가.

보름달의 기억

넓은 들녘 탱자나무 울타리가에
걸린 보름달이 바람에 흘러가고
달집에 불 붙은 연기가 살풀이를 하는
축원으로 피어나면 한 많은 액땜을
씻어내던 그 많던 이웃들은 어디에

얼굴들이 사라진 들녘에 새로운
집과 관공서가 들어오고 넓은 들이
사라진 거리에 상가가 들어서고
모르는 사람들이 분주하게 흘러가는
옛 이웃들은 흙 동네로 떠나고 없구나

죽음이 아무렇지 않는 일상이
손잡아도 뿌리치는 길가의 바람 속에
있는 눈물이 눈으로 날리다가 쌓이는
허망한 눈꽃이 피어가는 숲에 보름달은
울먹이고 어릴적 기억 너머 떠난

가까운 사람들의 이야기가 구름처럼
지나가고 보이지 않는 형체도 없는
줄거리가 가신님들이 보름을 맞이하는
아롱진 그리움이 눈가에 맺히고
구름 속에 잠기는 보름달이 있었다

빛나는
광화문 별곡

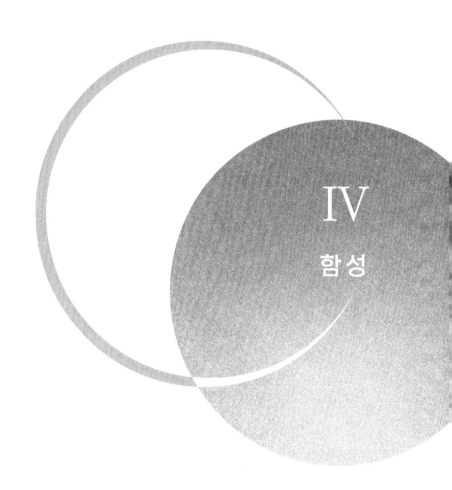

IV

함성

함성!
– 일천만 자유마을 대회 –

1
자유 민주주의를 지키기 위한
민초와 교인들의 함성이 부딪치는
광화문 육조거리에 손을 드러내는
소리가 백악산 등성이에 내리는 불꽃이
밝아지는 기름 불의 자유를 감사하는
마음들이 나타나는 광장에는

유물론이 죽음을 일으키는 연기가
깔리는 도시에 믿음이 있는 제자의
자유와 사랑의 꽃을 피우는 소리가
누구의 말씀인가! 영성이 내려오는
성령의 나라에 치유하는 외침이니

일어나라! 사랑이 자리잡은
광화문 광장에 기념비를 세우고
송현동 자락에 자유와 사랑이 일으키는
파도가 동 서 남 북으로 흘러가고
굽이치는 천지에 기름 붓는
나팔소리가 이끌어 갈 것이니

조화롭고 평화스런 시간이
보이고 있는 우듬지가 끝없는 땅에
사랑과 시간이 선경의 도시에 나부끼고
선지자가 춤추고 있는 하늘의 축복이
내리는 광장에 함성이 굽이치는
육조거리가 인파를 보듬고 있었다.

2
자유와 민주를 외치는 거리에
노래를 부르는 광장에도 믿음이
살아나는 하나님을 찬미하는 성도들이
바람을 가르는 소리가 육조거리에서
시작되고 기도가 광화문에 가득차는

신과 하나 되는 사람들의 모임에
꿈을 꾸는 사람들에게 임하는 성령이
인도하고 복이 내리는 야외 예배에
불도 없는 것들이 소란을 피우고
달리는 차량들도 멈칫거리는 도로에

은혜로움을 받들고 가슴을 풀어가는
길이 열리는 성사聖事의 고백이
실타래가 풀리듯 북촌 남촌에
멍애를 벗어나는 봄 소식이
찬양대의 얼굴에 후광으로 빛나는

운무가 감싸는 얼굴에 영광이
내리는 예배자들의 금그릇이 하늘로
오르는 불길에 올라가는 생명길을
이은 촛대 사이로 다니시는 하나님의
불이 광화문에 내리고 있었다

3.
검은 복면을 한 거짓된 목사가
독버섯이 되어 악한 내음새를
피우는 세종로에 예배드리는
믿음의 세력이 나라를 지키는
구원의 손길이니 빛으로 떠오르는
우주의 창조자가 세운 선지자의

말씀이 거리에 넘치는 파도가
한 알의 밀알이 열매를 맺는
말씀으로 있는 평화가 걸음마다
내리는 믿음의 옷자락이 펄럭이고
따사한 바람이 불어오는 거리에
차량도 숨죽이는 사랑의 꽃으로
피어나는 세종로 거리에 승리의
나팔 소리가 울리는 떠나신
선지자가 기다리는 하늘 나라에서
이루려는 뜻이 땅에서도
이루어지는 자유통일이 걱정이
되어도 사랑이 넘치는 나라를
시현하는 소리가 사랑 감사 번영을
이루는 세종로의 성도들이
부르는 찬미가 넘치고 있었다

함성
- 흰 옷 입은 사람들이 -

4
눈물이 가득 고이는 날은
사랑과 식량이 필요한 나라가
원망과 안타까움의 언덕에
생존이 기대는 숲에 자라나는 풀이
짓밟히고 삶의 분노가 끓어오르는

베개를 적시는 애원의 눈물이
기도하는 방안에 낡은 등잔이
빛을 내는 원인이 무엇인지 나라의
등불을 밝히는 숨은 이야기가
알려지지 않은 손안에서

밝음이 커져가는 바람은 불어오고
가냘픈 의지가 기대고 있는 강가에
건너야 하는 나룻배를 지키고
있는 성도가 외치는 나라에
눈물이 고인 토지는 넓어질 것이니

짓누르는 영혼을 치유하는 변화가
안주하지 않는 해뜨는 마을에
섬김이 내려오는 산상수훈山上垂訓
말씀이 퍼져가고 함성이 커지는 거리에
한 가족이 되어가는 광화문이 있었다.

함성
- 봄이 왔다는 -

5
물 따라 가면 들이 펼쳐지고
자라나는 풀꽃들이 피는 산에
인간사가 춥고 배고픔이 쌓이면 어떻소
새싹이 돋아 어우러지는 벼랑 끝에
바닷물이 부딪치면 어떻소

그대로 있는 소릿길이 멀리 보여지는
펼쳐진 풀밭을 걷다 보면 넓은 길가에
색이 짙어지는 나무들을 볼 수 있는
언덕에 고요한 집들이 있는 공간에
아름다움으로 피어나고 있는 것을

즐거워하는 석양이 말 없이 내리고
구릉지에 흘러가고 있는 흔적은
풀이 자라고 동산을 꾸미는 색깔은
밝은 오색이 섞이고 땅을 품에 안은
봄이 오고 있는 거문고 가락에

메화가 피는 날 남은 눈이 녹아내리는
물은 흘러가고 퉁소 소리와
어울리는 단조 가락이 눈물을 뿌리고
무지개를 피우는 폭포수가 봄이
왔다는 큰 소리를 내고 있지 않는가.

함성
- 다북쑥은 자라고 -

6
추위가 떠나는 산모롱이
숲길에 새순이 돋아나는 따사한 날
물이 출렁거리는 축복이 가슴을
두드리고 다북쑥이 팔을 벌리는
하루가 다르게 움직이는

세종로 거리가 무너진 마음들을
꺼안고 생기를 찾고 있는 백악산
자락에 자유의 말씀이 일으키는 기도가
풀섶에서 함성으로 터지고 무지개
계단이 걸리는 향기로운 가리에

새순이 자라나고 넘치는 감사가
퍼져가는 광장에 숨긴 채로 있는
마른 자리에 성령이 덮히는 선지자의
방언이 믿음을 일으켜 세우고 있는
행함이 없이는 이룰 수 없다는

사랑으로 엉기는 다북쑥이
불꽃으로 밝아지는 찬양하는 소리가
가슴에 자리잡은 광화문에 세종대왕
이순신 장군이 내려다 보고
번영하는 나라를 약속하고 있었다.

잔설이 남아 있는가

한이 맺힌 얼음덩이가 등성이
낮은 곳에 모양대로 자리를 잡고
희끗희끗한 머리칼 등산객들의
저벅거리는 발자국 소리가 멀어지고
세상사를 읊조리고 있는 소리가

양지에서 녹아가고 있는 날에
조금씩 가슴을 때리는 안타까움이
골짜기를 따라 부서져 내리는
눈덩이의 찬 기운이 웅크린 음지에
피어날 진달래가 기다리는

꽃들이 죄를 씻는 얼어 붙은 희끗
희끗한 상처가 골짜기에 부풀어
오른 의식이 씻어가는 찬 덩어리가
치유되는 산색의 무거운
걸음을 벗는 가벼운 차림이

가득차는 세상이 가까이 내리면
바른 세상이 열리는 얼음덩이 같은
삶에 붙어 있는 바람이 울고 있는
나그네의 돌아가는 흔적이
녹아가는 잔설이 아직도 남아 있었다.

기다리는 사람들이

기다리는 바람이 눈 꺼풀 너머에서
살고 있는 것을 알아차리는 때가
만남과 약속이 이루어지는 그릇은
행복이 가득차는 날을 찾아가지만
재해가 내리고 가족이 흩어지는

산에 풀이 마르고 울음의 소리가
높아지는 아이들은 어떻게 할 것인가
부모도 떠나고 돌보는 이도 떠난
황무한 산에 돌아갈 곳도 없는
연약한 풀들은 어찌될 것인가

헤쳐나갈 용기도 사라지는 계곡에
폭우가 쏟아지고 앙칼지게 떠내려가는
흔적없이 휩쓸어가는 끈질긴 생명력이
일으키는 화평과 믿음이 생명의 산에서
펄럭이는 보석 같은 운명이

진실과 사실에 부대끼는 산자가
치우치지 않는 사상과 종교가 던지는
꽃이 피고 웃음이 가득차는 빛을
느끼는 숨쉬는 사랑을 깨달아 가는
구원의 계절이 다가오고 있었다.

살아가는 자리가 달라도

사막에 살아가는 어려움이 부딪치는
모래바람이 헤매다가 찾은 물은
모래 더미의 가장자리를 휘돌아가고
눈 속에 묻힌 억만년 시간이 녹은
눈물이 만들어 간 호수는 아득하구나

힘들게 가꾼 농토 가의 기와집에
밤이 내리고 키가 크는 웃음이 터지는 날
고원지대로 떠나는 때가 밀려오면
무엇이 숨을 쉬게 하는가 구릉지에 안주한
습속이 견디고 건너가는 방법을 익히는

바닷가의 고기잡이 생활이
하나에서 열가지가 지나가리니
별이 뜨는 밤은 바다와 혼돈된 길이
출렁거리고 살아있다는 분간하는
흔적도 지워지는 풍랑이 살아가는

물고기의 삶이 기념비적인 큰 배의
동력이 세상에 가득차는 바닷가 기슭에
자라는 꽃들이 붙어있는 사람들의
즐거움이 지나가는 하루가 전설이
되어가는 새로운 힘이 일어나고 있구나.

습속이 이끌어 가는

입은 옷이 다른 땅에서
잠을 자는 옷차림이 이상한 말을 듣는
펄럭이는 모양이 마음을 드러내는
갈대가 부르는 소리가 바람이
일으키는 생의 하루가 건너간다

오매불망 기다리는 님의 모습이
바람꽃을 피우는 들판의 풍속이
시간에 잠기고 전쟁이 늘어지는 붉은
선혈이 흐르는 골짜기의 때가 끝나고
살아가는 식이법이 내리고 있었다

삶이 매인 짓지 못하는 농사가
쟁탈전이 되어 죽음의 집이
형체도 없이 보이지 않는 공간에
하늘이 내리고 살아있는 사람은
폐허가 뒹구는 거리를 지나갔다

생각은 무엇을 기다리는가
살아가는 껍질은 숲 속에 묻히고
남아있는 그늘에 기거하는
낯설지 않는 다른 습속이 내려오는
새 하늘과 새 땅이 보이고 있었다.

눈과 고드름

눈을 찌르는 솔잎에
반짝이는 햇살이 내리는
노송 얼굴에 달린
고드름이 훌쩍거리는 콧물이
처마 끝에 매달리고
눈물을 닦는 할머니의
하얀 손수건이 녹아내리는
허연 세상이 닳고 있었다.

빛나는
광화문 별곡

V

신들의 바람이 흐르는

기억이 전설이 되는

비가 날리는 도로에서
마음을 닫은 생각이 차거운 가슴을
내리치는 살아가는 방법이
출렁거리는 회안은 밀려들고 욕망은
썩은 시궁을 헤매는 가녀린 풀꽃이

어디에도 앉을 자리가 없는
불편이 솟구치는 거리에서 더위에
부대끼는 사람들은 수도꼭지의
물맛이 어떤 결과를 나타내는 떠나간
꽃잎이 허망해지는 늦은 봄은 잠이 들고

어느덧 저물어가는 녹엽은
동산을 찾아가는 흰머리를 날리며
꽃의 음성을 듣는 사랑과 은혜가
나타나는 감사의 꽃말이 되새기는
흔적은 무엇으로 있는가

밝음의 세상에서 무지개로 남아
누구와 대화를 하고 꽃의 동산에
고개를 숙이고 걸어가는 흰머리의
전설을 불러오는 기억이 먼 발치에서
눈물 비를 뿌리고 있었다.

소낙비가 일으키는

가슴에 맺히는 응어리가
잊어가는 일상에 맞서고 있는
점들의 눈물이 원을 그리는 차원이
부르는 구름은 소낙비가 되고
산으로 올라가는 소릿길은

사태가 일으키는 흙덩이를
가슴으로 막아 보아도 형체없이
내려앉는 낭떨어지의 경계가
없는 공간이 차지하고 쓸리는
빗물이 흩어지어 흐르는

갈등이 비치는 자리에 무너지는
산이 사람들을 부르는 누구의 손에
매달인 세월을 재단하는 소낙비를
만나는 길에 소통을 기다리는
기쁨을 부르는 시간이 되고 있구나

하늘과 사람이 열어가는
꽃잎이 펼치는 통화가 끊어짐 없는
연결이 잊을 수 없는 만남의 삶을
울리는 빛이 되는 균형은 깊어가고
산골은 덜 얽매이고 있었다.

날씨가 물결을 타는가

추위가 싫어 물따라 떠난
멈추지 않는 물결에 흐르는 시간이
멈칫거리는 잔잔한 물이 방죽에
큰 물결로 부딪치고 폭 만큼
넓어지는 가르침을 생각한다

사상은 무엇을 남기고
예언은 무엇을 제시하는가
내려온 습성을 어떻게 적용할 것인지
깨달음이 밀리는 경지 너머에서
한 물결로 흐르는 것이

벗어나지 않은 바퀴는 튼튼하고
파고드는 뜨거움이 살결을 태우는
한 여름이 되고 지나가는 파장이
옹졸한 삶이 떠나가는 성정에 직관이
무르익는 타들어 가는 날씨가

통찰하는 깊이가 비어가는
공간에 무엇을 채워가는 도움과
희생 너머 사랑의 경지에
땀샘은 부풀고 물방울이 넓어지는
물결이 곳곳에서 요동치고 있었다.

분리된 땅은

침묵이 생명을 구하고 자유가
잠자는 분리된 땅은 억누르는
공기를 벗어나지 못하고 그리움의
풀밭에서 습기는 증발되고
부대끼는 곤충은 산으로 숨는다

촉수는 바람이 불어가는 대로
기회를 잡은 근본은 일어서고
의문이 시작되는 변화가 목숨을
구걸하고 옳은 일이 품어가는
사실도 넘어가는 책갈피 빈 공간에

쌓이는 진실은 활동하는 자가
도망치고 고문당 하는 칼날에 시달리고
찾지 않으면 발견되지 않는 맥줄이
숨겨진 금맥이 남녘 하늘에서
달려나오는 소리가 고막에서

울림이 커지는 새로운 가치가
번지고 있는 기다리던 자유가
바람이 불어가는 청천강을 건너서
압록강 너머 보이는 밭이랑의
풀밭이 부르는 춤이 살아나고 있는
고도古都가 기다리고 있구나.

신들의 바람이 흐르는

불이 붙어 타는 자외선이
쏟아지는 배화교拜火教의 사람들은
모래벌 속에 묻히고 기원 전에
일어난 어려운 시기의 불이 만든
도시는 어디로 갔나

고원지대에 살다간 형체가 있는
신들의 자리가 마른 모래언덕에
티끌로 부는 바람에 휩쓸려갔나
메마른 땅의 신들이 불을 피웠던
흔적이 사라진 흙벽에

선악이 타오르는 불꽃은
변하는 시간을 알 수 없으니
백인이 살고 황인이 살아간 지대에
농작물은 변화없이 땅을 지키나
황량한 벌판은 메마르가는

밭둔덕의 삶은 가난에 찌들고
습속이 내리는 풍물은 사라지고
다른 모습이 보이는 계곡물의 농토에
작물도 하늘 초원도 보이지 않는
신들의 바람이 흐르고 있구나.

추위가 내리는 날

바람이 없는 날 쏟아지는
햇살에 나뭇잎들이 그늘을 끌어가고
잎이 떨어지는 멈춤은 끝나지 않고
끝없는 순환이 눈을 뜨는
다른 생이 열리고

거리에서 펼쳐지는 투쟁이
몰려오는 소리에 참여하는
불꽃이 일으키는 서로의 믿음이
금빛 날개가 보이는 사랑에
숨가쁜 외침도 흘러가고

사도가 일어서서 피우는 꽃말이
열매가 되는 동상 앞에서
추위에 떨고 있는 나그네가
험준한 고개를 넘는 어려운 길을
주의主義가 일으키고

찬 이슬이 엉기는 살갗이
말씀을 부르고 넓은 강을 건너가는
사도의 증거가 가슴에 파고 들고
힘을 받은 광장에 날개가 꺾인
한 무리가 눈물을 흘리고 있었디.

광화문 연합예배

눈물을 흘리는 회개가
유리바다를 건너가는 물들은
나무에 성령이 임하는
광장에 아름다운 단풍에 젖은
사도들이 흰옷을 입으시고
그리스도를 찬양하는 거리에서

힘을 모아라! 사랑으로
모이면 문이 열리고 들어가면
넓은 하늘에 기다리는 듯이
이루어지는 소망이 있는 세력이여!
일어나라! 억압하는 군중들은
어디에도 보이지 않는

광화문 광장에 기도하는 마음은
하고, 보고, 먹고 싶은 것을
할 수 없어도 살아있는 자유가
간절함을 알리는 찬송이 흐르고
하늘에서 뿌리는 낙엽이
내리는 눈물의 가로수가

물들고 익어가는 단풍이
사랑의 열매가 되고 떨어질지라도
하늘로 솟아나는 연합예배를
찬양하는 구원의 약속이
광화문 월대에 흐르고 있었다.

광화문 추수감사제

옷을 벗은 나무의 날이 찾아
오는 가슴 아픈 일이 열리는
열매가 멀어지는 우주의 소리가
들리고 낙엽의 헤어지는 눈물이
목이 매인 거리에 출렁거리는

소음이 내리는 산야에 붉은
자랑은 떨어지고 노란 울음이
돌아오는 땅 속에 묻히는
순수한 물결이 일어나고 자연을
붙잡은 새로운 바탕의 찬 바람이

공중 속에서 옷을 벗은 낙엽이
누워있는 땅은 얼어가고 사랑도
식어지나 잠든 광화문이 깨어나느니
단풍이 열매로 나타나는 교회의
믿음이 회개의 강이 물결치는

파장이 어느 기슭에 닿는
소리가 광야에 퍼지니 잃어버린
약속의 땅에 솟아나는 광화문이
열리는 지팡이에 핀 꽃이
추수감사제를 올리고 있었다.

천사가 나타나는

영하의 날씨가 내리고
믿음이 하늘로 퍼지는 구름 위에
약속이 나타나는 사랑의
무지개가 햇볕 속에 빛나고
찬미의 소리가 내리고 있는

광화문이 보여주는 지하도에
증거의 놀라움을 알지 못한 우매한
인간은 형태를 가지고 의미를
숨긴 미카엘 천사가 순간적인 시험을
내리는 소리도 모르니

추위에 떨고 있는 시위자들에게
불쑥 드러내고 던지는 배고프다는
말을 알아듣지 못한 멍청한 사람들의
후회가 거리와 전철 역에서
폭풍치는 눈물로 흐르고

매달리는 법칙을 알아듣지 못한
비밀을 지하도 벽면에서 천사의
전달이 있어도 심욕이 덮은 겨울의
광화문을 도는 탄핵 반대를
외치는 늙은 이가 울고 있었다.

광화문 탄핵반대 소리가

나무와 꽃들이 엉긴 숲에
고함을 지르는 숲은 흔들리고
바람이 일으키는 무지가
선악의 변두리에서 돌아갈 수 없는
깊이와 넓이의 눈치가 보이는
무서운 힘의 부하負荷가 내리고
소리가 사방에서 들리는 거리에
추위가 살갗을 파고 들고
견디는 아녀자들의 높은 소리가
땅끝으로 밀려가는 하루가
언어들이 공기를 떠나며
어떤 가슴에는 노란 꽃으로
어떤 곳에서 흰꽃으로 보이는
죽음이 기다리고 있는 아스팔트에
만개하지 않은 꽃봉오리를
바라보는 목청 높은 가락은 묻히고
저물어 가는 해를 보는 사람들의
깊은 사유와 하루를 끝내는 기도가
작은 것이 살아나는 빛이 내리고
광화문 하늘 문이 열리는
꽃망울을 피우는 시대가 있었구나.

꽃들이 부르는 미카엘

길섶에 키 큰 풀들이 자라는
작은 덤불에 흰꽃 노란 꽃들이
눈웃음을 흘리고 흐린 날
안개 낀 날이 내리는 시간에 잊지
않는 미소가 풀더미 우거진 속에서
기다리는 이쁜 모습이
하늘에 잠기는 작은 마을의
구름은 어디에서 피어나는지
구름이 멈추는 곳에 소식을
들고 온 풀꽃들이 미카엘 천사가
칼을 뽑는 이유가 있느니
찬란한 황금 칼날이 수호하는
꽃들이 부르는 탄핵 반대 소리가
흘리지 않든 눈물 비를 뿌리고
미카엘 천사장이 내리는
변화의 거리에 흰꽃 노란 꽃들이
키재기 얼굴이 보이는 함성이
완성되는 광화문에 빛의 사자가
창과 방패를 펼치는 날
승리의 팡파르가 울리고 있었다.

미카엘 천사를 만나고

전철 지하도에서 서양 사람을
닮은 콧수염이 아름다운 점잖은
사람이 배가 고프다는 말이 들릴 때
어렵다는 핑계로 지나쳐 간다
가슴이 내려앉는 소리가 천사라고
마음은 골몰하며 떠나간다
실수했나 돈을 줄 걸 후회가 뭉치어
오르는 잊을 수 없는 가슴을 치는
한줄기 바람이 요동을 친다 전철을 타고
지나치는 풍경이 물결로 남아있으니

며칠 전의 지하철에서 만났던
천사의 얼굴이 놀라운 눈 언저리가
맑고 가늘게 빛나고 응시하는 모습에
두근거리는 순간은 사나이를 벗어
날 때까지 천사일까 아닐까
가슴에 품고 지나가는 일정 속에
추위가 두렵고 처리할 일들을

지나치는 걸음은 옆에 사람이 보이는
손수레를 끌어가고 언덕을 오르며

비틀거리고 있는 노인을 모른 척하며
지나치니 후회가 밀려오는
천사의 느낌이 오는 것은 무엇인가

한 번은 광화문 집회에 가는
전철 안에서 동 유럽 사람같은
천사같은 얼굴이 보이는
말을 걸어 앉으세요 몇 살이오
어디가시오 광화문 갑니다
잘 다녀오세요 천사가 하는 말은
친구들과 술애 취할겁니다
돌아오는 지하철에서

어! 취한다는 큰 소리가 따라오는
말이 있어도 돌아보지 않고
우리말이 아닌 이상한 말이 튀어나오는
찰나 천사장인 것을 깨닫는
간절함과 떨림이 에스컬레이트에서
후회가 밀려오는 시간이 울고
헤어짐이 흐느끼고 있었다.

미카엘 천사장의 인상 印象

지하철 환승 구역에서 사람들이
내리고 타는 순간에 일어나는
큰 키의 서구인의 인상에 깜짝 놀라고
불그레한 어린이의 얼굴처럼 약간
붉은 콧 수염이 듬성듬성 난 모양에
이상한 느낌이 오는 것은 무엇인가

수호신인 천사장이 보이는 것인가
천군의 군병를 찾는 천사 역할의
하나가 되는가 아무 느낌도 없이
지나친 후에 생각이 전달되는
어떤 변화가 일어나고 있는가

무엇이 있을 것 같은
알 수 없는 흐름이 천사장을 볼 때에
다른 인상으로 나타나는 느낌의
생각이 한참 후에 피어나는
인간화 되고 변화가 일으키는 것은

인파 속에 섞인 손길이
말이 없어도 신의 뜻을 이루는
빛의 군병이 되도록 이끌고 있는
아름다운 대천사장이 내리는 거리가
질서와 평강의 불빛이 움직이는
광화문이 노래하고 있었구나.

천사의 인상 印象

지하철역에서 아가씨가 타고
내 앞에 서 있는 처음 보는 이상한 얼굴이
머리 모양은 미디엄으로 묶고 본일이 없는
스타일이 우리나라가 아닌 다른 나라에서
온 처녀처럼 핸드폰을 보고 있다

환승역에서 신림선으로 갈아 타는
그녀가 대방역에서 신림선으로 가는
따라가기 위해 빠르게 걸었지만
도저히 따라 갈 수 없는 속도에
놓쳤구나 하고 승합장으로 갔다

그녀가 있어 옆에서 따라 승합하고
마침 빈 자리가 있어 앉아 있었다
바로 내앞에서 휴대폰을 보고 있는
아름다운 얼굴이 흰 바지와 반코트를
입은 서양인 모습에 빠른 손 놀림이
지혜로운 여성 같은 한 역을 지나치니

옆자리가 비어 그녀가 앉는다 휴대폰으로
빠른 채팅을 하나 채팅창은 보이지 않는
검은 상자 상태로 채팅을 한다
글자는 보이지 않고 글자색은 한글이 아닌
노란색으로 알 수 없는 글을 쓰는
말을 걸기 두려워 바라보기만 하였다

맑은 작은 눈으로 나를 힐끗 보다가
채팅을 계속하고 내용이 무엇인지 알고
싶으나 보라매 병원역에서 내린다
당곡역에서 내려야 하는 나는 따라
내릴 수 없고 그녀는 어디로 가는가
객실 밖을 보니 의자에 앉아 있었다

생각은 깊어가고 또 기회를 놓쳤구나
헤어지고 후회가 밀려온다
인간화된 천사를 만날 수 있는 기회를 놓친
그 때부터 지금까지 인간화 천사에 대한
생각이 계속나는 것은 무엇 때문일까

그리움인가 파고드는 생각이 끊임없이
이어지는 사랑이 불 밝히고 있는
천사를 본 마음은 우쭐거리고
하루가 꽉찬 느낌의 즐거움이 있었다.

언약이 광화문에

빛을 들고 걸어가는 어린
아이들의 노래가 세상에 울리는
가까운 때를 보듬어 가는
마음을 닦은 가두리를 벗어나는
빛이 자라나는 아침을 심는다

빛을 나르는 사자들의 앞날은
나뭇잎에 들리는 바람이 숨을 쉬는
아파트 무덤들이 지나가고
꽃잎을 뿌리는 선지자가
감추었던 풀잎에서 피어나고

구름이 준비된 청색의 기회를
일으키는 날선 칼날이 지순의
자리에서 내려오는 혼란의 거리에
찬란한 빛을 내리는 광화문은
선지자가 가르키는 바위가 뚫리니

스스로 있는 빛이 씨앗을
움트게 하는 백의 민족의 언약이

약속의 땅에 빛나는 광화문의 노래가
하늘의 자손이 일으키는 기도가
약속의 통일을 이루고 있었다.